ESQUISSES & PORTRAITS

DU CERCLE NATIONAL

MA DEMI-DOUZAINE

Elomir Astruc.

LE VOLCAN

—

A mon Ami Eugène Portes

LE VOLCAN

Voix qui sort de terre
D'un ton sépulcral ;
Homme solitaire,
Type original ;
Ton œil bleu dévore
Plus de vingt journaux !
Sahuqué t'adore,
Et l'ami Mazeaux
Echauffant ton âme,
— Foyer radical —
Te met tout en flamme
Sur ton grand cheval.

Ainsi qu'un cratère
Qui vient de s'ouvrir,
Eclatant tonnerre
Qui nous fait pâlir !
Quand tu vociferes,
Tes saintes colères,
Secouant la terre,
Sans bruit ni mystère
Nous font tous partir.

Voix qui sort de terre
D'un ton sépulcral ;
Homme solitaire,
— Foyer radical —

SUR UN DESSIN

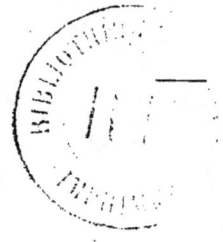

A mon Ami Charles Dumoulin

SUR UN DESSIN

EXERGUE D'UNE TÊTE DE FEMME

Ce gracieux et frais visage
Est l'œuvre habile d'un crayon
Qu'a prudemment guidé la main virile et sage
D'un artiste sans passion.

Cette main fait bien autre chose,
Et notre artiste surprenant,
Caresse tour à tour et la muse et la rose,
Le Théâtre ou le Parlement.

Enfant gâté de la nature,
Sachant cumuler.... ses désirs,
Il conduit avec art toute Candidature,
De concert avec les plaisirs.

Le grave Dumoulin, c'est ainsi qu'on le nomme,
Est aimé partout et toujours ;
Car il sait noblement mener en gentilhomme
La politique et les amours.

LE

MONTAGNARD DU MÉDOC

—

A mon Ami Oscar Mazeau

LE MONTAGNARD DU MÉDOC

Contenez dans son lit cette orageuse mer.
(ANDRÉ CHÉNIER. *Jeu de Paume*).

Visage américain, traits à l'encre de Chine,
Vigoureux, élégant, un peu courbé d'échine,
Ainsi que le dieu Pan, jouant du chalumeau :
Voilà, mes bons amis, le citoyen Mazeau.

Ses yeux semblent chargés d'éclairs et de tempêtes,
Son rire a le perçant éclat des castagnettes,
Et ses cheveux lustrés sont du noir le plus beau :
Tel est, mes chers amis, le superbe Mazeau.

Il n'a d'ardents baisers que pour la République,
Qu'il adore à l'excès ; — mais, en Joseph antique,
Aux mains de nos Phrynès il laisse son manteau :
Voilà, mes bons amis, le pudique Mazeau.

Rien n'est vrai, rien n'est beau ; sa sanglante critique
Ne peut rien supporter. La seule politique
Est celle qu'illustra le féroce Nadeau :
Tel est, mes chers amis, le candide Mazeau.

Il mange du curé plusieurs fois par semaine ;
En ville il ne veut pas que *Jésus* se promène ;
Pour les dévots il craint les rhumes de cerveau :
Voilà, mes bons amis, le culte de Mazeau.

Délaissant le Médoc la verdoyante treille,
Oscar monte au parquet, il monte à la corbeille ;
Il monte un peu partout, épouvantant Bordeaux ;
Enfin, on ne sait plus où veut monter Mazeau.

Farouche Jacobin ! Montagnard redoutable !
Où conduiras-tu donc ta fureur implacable !
Veux-tu, comme Saint-Just, monter à l'échafaud ?
Réponds à nos terreurs, ô tragique Mazeau !

LE MERCURE GALANT

—

A mon Ami Paul Magne

LE MERCURE GALANT

Pour peindre dignement ton visage si fin,
Il faudrait emprunter les pinceaux d'un grand maître,
Ou savoir manier le délicat burin,
Qui des beaux arts, hélas ! commence à disparaître.

Magne, pardonne donc à ma briéveté,
Aux généreux efforts de ma lyre impuissante ;
Ses accords sont ingrats, par leur rigidité,
Et d'un pareil labeur ma muse s'épouvante.

Que dirai-je de toi, Narcisse aux blonds cheveux ?
Que le ciel t'a doté d'un physique agréable,
Que ton âme est sensible et ton cœur généreux,
Que tu sais plaire à tous par ton humeur aimable ?

Pour peindre dignement ton visage si fin,
Il faudrait emprunter les pinceaux d'un grand maître,
Ou savoir manier le délicat burin,
Qui des beaux arts, hélas ! commence à disparaître.

Mais mon luth indiscret peut-il, sans abuser,
Révéler tes amours et dire sans ambage,
Que le sexe t'adore et te peut accuser
D'avoir fait dans ses rangs plus d'un sanglant ravage. !

Disciple d'Apollon, poétique rêveur !
Tes regards inspirés se perdaient dans les nues ;
O Muses, voilez-vous ! car l'ingrat, sans pudeur,
Ne songe désormais... qu'à vendre des morues...

Pour peindre dignement ton visage si fin,
Il faudrait emprunter les pinceaux d'un grand maître,
Ou savoir manier le délicat burin,
Qui des beaux arts, hélas ! commence a disparaître.

LE GÉNÉRAL

VIEILLE-BRANCHE

———

A mon Ami Camille Sahuqué

LE GÉNÉRAL VIEILLE-BRANCHE

Je n'aime pas les bavards !
(*Imprécations de Camille...Sahuqué*)

Quand son ardente voix, grosse comme un tonnerre,
Dans nos vastes salons s'élève et retentit,
Les lecteurs résignés abaissent vers la terre
Leurs yeux et leurs journaux, et le Cercle gémit !...

Jupiter-Sahuqué ! Général Vieille-Branche !
Voilà les noms fameux qu'il a su conquérir,
Car il parle de tout, il tonne, il juge, il tranche,
Et son sabre de bois nous fait tous tressaillir....

La rivière l'Oignon, rapide et caillouteuse,
Illustra pour jamais ses combats écrasants ;
Elle charrie encor, horrible et furieuse,
Des barbares du Nord les cadavres sanglants !

Mais, quittons cet Oignon qui trouble nos prunelles,
Et revenons en hâte à de plus doux tableaux :
Parlons, cher Sahuqué, des luttes fraternelles
Où brillent ton organe et tes gestes si beaux !

Les pavés et Cuba, le jésuite et l'école,
Le ciel et l'océan, le gaz et le préfet,
L'omnibus et l'octroi, les trottoirs et le pôle,
De tes discours fameux fournissent le sujet.

Si tu restais muet, la faveur populaire
T'élèverait bientôt aux suprêmes honneurs...
Tu préfères à tout, plutôt que de te taire,
Le sceptre incontesté de grand Roi... des blagueurs

Parler, parler toujours, parler, miséricorde !
Pour toi c'est un besoin, c'est ton culte et ta foi :
Jaloux, et sans pitié, tu fournirais la corde
Pour pendre haut et court, un plus bavard que toi !

Quand ton ardente voix, grosse comme un tonnerre,
Dans nos vastes salons s'élève et retentit,
Les lecteurs résignés abaissent vers la terre
Leurs yeux et leurs journaux, et le Cercle gémit !...

Le piquet est troublé ; le joueur d'échecs cesse
De poursuivre en leur mat les rois trop défendus ;
Et le billard muet ne sent plus la caresse
Des trois globes d'ivoire, en leur vol suspendus.

CANDIDATURE

AU CERCLE NATIONAL

Charge en trois temps.

Je regardais en l'air...
(*Cloches de Corneville*. — Ronde).

Dans ce repas frugal,
Entre le fromage et la poire,
Du Cercle national,
Je veux, Messieurs, chanter la gloire.

Si je barbote un peu,
Prenez-moi par un cheveu,
Si vous en trouvez trace !
Je sens votre embarras,
Car vous n'en voyez pas...
C'est une vaste place ! !

Fondé sous l'Empereur
De glorieuse mémoire,
Il a vécu sans peur,
Dans un lieu (*bis*) provisoire.

Mobilier en lambeau,
Non, ce n'était pas beau !
Mais exister, c'était misère:
Quand, fort heureusement,
Et très-brutalement,
Napoléon fut mis par terre.

De changer de bercail,
Vite, vite on s'empresse ;
A'struc passe le bail
Sans mandat ni paresse.

Donc, je crois, vous pouvez
Lui voter un hommage ;
Car Messieurs, vous devez
Le Cercle à son courage ;
Bref, Messieurs, vous devez
Le Cercle à son courage.

Bordeaux. — Imp. A. Boussin, rue Gouvion, 20.